L'été de nos dix ans

De la même auteure, dans la même collection :

L'agenda
Amies sans frontières
Les chevaux n'ont pas d'ombre
Un chien contre les loups
Courir avec des ailes de géant

Et en format poche :

La série *Océania* :
　La prophétie des oiseaux
　Horizon blanc
　Sur les ailes du vent
　Le murmure des étoiles

HÉLÈNE MONTARDRE

Illustrations de Didier Garguilo

L'été de nos dix ans

RAGEOT

Cet ouvrage a été imprimé sur un papier
issu de forêts gérées durablement,
de sources contrôlées.

Couverture : Xavier Bail

Une première version de ce texte a paru sous le titre
Hilaire, Hilarie et la gare de Saint-Hilaire
(éditions Milan, 1987).

Une deuxième version de ce texte a paru sous le titre
Rom, Roman, Romane
aux éditions Rageot (2011)

ISBN 978-2-7002-5753-3
ISSN 1951-5758

© RAGEOT-ÉDITEUR – PARIS, 2011, 2019.
Tous droits de reproduction, de traduction et d'adaptation
réservés pour tous pays.
Loi n° 49-956 du 16-07-1949 sur les publications
destinées à la jeunesse.

Romane

J'ai à peine eu le temps de me jeter sur le sol. J'étais juste à l'heure pour le train de 18 h 56 ! Les oreilles au ras des pissenlits, j'ai entendu la locomotive ralentir en abordant la grande courbe un peu avant la gare. Je me suis aplatie dans les herbes et mon cœur battait fort parce que j'avais couru.

De l'autre côté des rails, j'ai vu le petit vieux dresser la tête. Lui aussi attendait le train. Il était assis sur un banc collé contre la façade de la gare, près de la haute porte vitrée, les mains crispées sur sa canne. Au-dessus de nous, le ciel était plein de nuages, un peu lourds, un peu gris et baignés d'une lumière rouge et dorée.

Et puis le train a surgi.

Il était rouge et doré, lui aussi et, sur la locomotive, il y avait une cage en verre où se tenait le conducteur. De là, il dominait tout le paysage !

J'ai essayé de m'enfoncer un peu plus dans le sol et j'ai respiré doucement pour calmer les battements de mon cœur.

Le train s'est arrêté dans un grand grincement de freins. Il a caché la porte et le petit vieux sur son banc.

De l'endroit où je me trouvais, impossible de voir qui montait ou descendait.

Peu importe.

C'était un jeu.

C'était mon jeu de 18h56.

Quand le train a redémarré, les voyageurs avaient déjà disparu et le petit vieux ramenait sa casquette sur son regard déçu. Quand il s'est mis debout, j'ai commencé à me redresser. C'est alors que je l'ai vu arriver ; un vieux camion, rouge et doré, chargé d'un bric-à-brac invraisemblable : des meubles, des couvertures, des vélos…

Le petit vieux a tourné la tête. Il hésitait à s'en aller. Je le comprenais. Un camion à cette heure-ci, après le train de 18 h 56, devant cette gare abandonnée, isolée à l'écart du village, c'était un événement.

Le camion s'est arrêté devant la gare.

Un homme en est descendu, puis un garçon, puis une femme. Ils sont restés là, les mains sur les hanches, à contempler la gare. Le petit vieux s'est enfui.

Il a évité la porte principale, s'est glissé le long des toilettes et a disparu par un chemin dissimulé entre deux buissons de ronces.

Je suis restée seule pour faire face aux intrus, à ce camion rouge et doré posé sur un fond de nuages rouges et dorés, là, de l'autre côté de cette gare où personne ne venait si ce n'est pour le passage d'un train.

Puis, dans le silence du soir, un cri a résonné :

– Romane ! Romaaaaaane !

Ma mère.

J'ai sauté sur mes pieds, bondi au-dessus des voies désertes, ouvert la porte vitrée à toute volée, traversé la gare, lancé un « Bonjour m'sieurs dame ! » aux nouveaux venus et j'ai couru, couru vers le village.

Roman

La fille est partie en courant et papa a éclaté de rire.
Il a considéré la façade de la gare et a déclaré :
– Nous serons bien ici.
J'ai détaillé la place, le cèdre, puis le vieux bâtiment, et je me suis dit qu'il avait peut-être raison.
– Au travail ! a lancé maman.

Il ne nous a pas fallu longtemps pour décharger nos affaires et les monter dans l'appartement, au premier étage. Nous avions l'habitude et chacun savait ce qu'il avait à faire.

J'ai pris possession du cagibi au bout de la grande pièce. L'endroit m'a tout de suite plu à cause de sa lucarne qui donnait sur le ciel.

Ce soir-là, je me suis endormi avec le chant du cèdre.

La journée du lendemain a passé rapidement. Il fallait tout nettoyer, remonter nos meubles, les installer. En fin d'après-midi, alors que je jetais un coup d'œil par la fenêtre, je l'ai vue arriver.

La fille de la veille.

Elle avançait précautionneusement le long du champ, de l'autre côté des voies.

Je me suis demandé ce qu'elle cherchait.

Je n'ai pas hésité longtemps. J'ai dévalé l'escalier, débouché sur le quai.

Elle avait disparu.

J'ai examiné les environs.

Un petit vieux était assis sur le seul banc installé sur le quai. Il n'a même pas tourné la tête vers moi. En dehors de lui, l'endroit était désert.

Conclusion, elle ne pouvait être que de l'autre côté des rails.

J'ai regardé prudemment à droite, puis à gauche. Aucun train à l'horizon. J'ai traversé les voies et je me suis engagé dans un sentier à peine tracé au milieu des herbes folles.

Elle était là, un peu plus loin, allongée sur le sol, la tête tournée vers la gare, en train de mâchonner un brin d'herbe.

Je l'ai observée quelques secondes. Je ne savais pas comment l'aborder. Alors j'ai demandé :

– Qui c'est, ce vieux ?

J'ai eu l'impression que la foudre venait de tomber à ses pieds. Elle a ébauché un geste pour se relever et s'enfuir, mais je me suis jeté sur le sol à côté d'elle et nos visages se sont retrouvés tout près l'un de l'autre.

Elle avait des taches de rousseur sur les joues et des yeux d'un bleu…

J'ai tout de suite su que jamais je n'oublierais le bleu de ses yeux. J'ai répété :

— Qui c'est, ce vieux ?

Apparemment, elle avait renoncé à se sauver. Elle a répondu :

— Un vieux.

J'ai senti la méfiance dans sa voix. J'ai enchaîné :

— Qu'est-ce qu'il veut ?
— Rien.
— Alors, pourquoi il est là ?
— Et toi, pourquoi tu es là ?

Je ne me suis pas démonté. Cette question, ce n'était pas la première fois que je l'entendais ! J'ai répliqué :

– Moi, c'est pas pareil. J'habite là. Dans la gare.

Elle s'est exclamée :

– Dans la gare !
– Oui.
– C'est pas vrai.
– Si. On va habiter là tout l'été.
– Vous n'avez pas le droit !
– Oh, si ! La dame d'Accueil et Partage, à la mairie, nous a donné la permission et les clés de l'appartement.

Elle m'a dévisagé, puis elle a tourné son regard vers la gare avant de le ramener sur moi et de constater, comme une évidence :

– Alors c'est pour ça que les volets et les fenêtres sont ouverts.

– Oui. Ça avait bien besoin d'être aéré !

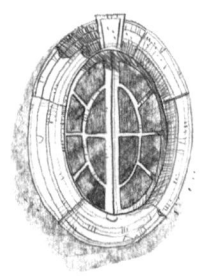

– C'est comment à l'intérieur de la gare ? a-t-elle demandé avec curiosité.

– Plein de poussière. Papa et maman vont nettoyer deux pièces. Juste pour l'été, ça suffit !

– Pourquoi juste pour l'été ?

– C'est comme ça. On ne reste jamais au même endroit, ai-je expliqué abruptement.

Je n'avais pas envie d'en dire plus. Ça ne la regardait pas.

Elle n'a rien répondu et elle s'est détournée. J'ai senti que je l'embêtais, qu'elle avait envie de me crier de m'en aller. C'était chez elle, ici. J'étais sur son territoire. J'étais un intrus.

Cette fille n'avait pas besoin de moi. J'ai répété d'une voix mal assurée :

– Alors, qu'est-ce qu'il veut, ce vieux ?

Dans le lointain, un train s'est annoncé.

– Chut ! a-t-elle ordonné. Baisse-toi ! Vite !

J'ai aussitôt obtempéré en chuchotant :

– Pourquoi il faut se cacher ?

– Parce qu'il ne faut pas que le chauffeur nous voie.

– Pourquoi ?

– Comme ça. C'est un jeu.

– D'accord, ai-je répondu en m'aplatissant un peu plus dans les pissenlits.

Le train s'est arrêté, a attendu quelques instants, puis est reparti. De l'autre côté, le petit vieux s'est levé avec mélancolie.

– C'est pas encore pour aujourd'hui, a-t-elle annoncé.

– Quoi ?
– Tu vois, le vieux, en face. Sa femme est partie, il y a soixante ans. Et il est sûr qu'elle reviendra ! Alors tous les soirs, il vient là, attendre le train. Un jour, elle sera parmi les voyageurs, et il la verra descendre. Enfin… C'est ce qu'il croit.

– Et il vient à chaque train ?
Elle a haussé les épaules et j'ai eu l'impression d'avoir proféré une bêtise.

– Il ne passe plus que celui-ci, a-t-elle consenti à expliquer.

– Et il est là chaque soir !

– Chaque soir.

– Et toi aussi ?

– Moi aussi. Enfin… Pendant les vacances.

– Il est marrant, ton jeu.

Elle m'a regardé d'un œil neuf et j'ai senti que j'avais fait mouche. Peut-être était-ce la première fois que quelqu'un trouvait son jeu marrant.

Peut-être était-ce la première fois que quelqu'un partageait son jeu.

J'ai poussé mon avantage et j'ai questionné :

– Comment tu t'appelles ?

– Romane.

Je me suis exclamé.

– Ça, c'est drôle ! Moi, c'est Roman. Sans « e » à la fin, mais ça se prononce comme ton prénom !

Nous nous sommes regardés et elle a expliqué :

– Mes parents voulaient un garçon et ils voulaient l'appeler Roman, parce que le village, ici, c'est Saint-Roman. Tu vois, c'est marqué sur la gare.

Elle a désigné les grands carreaux jaunes sur lesquels on lisait, en lettres bleues : SAINT-ROMAN. Puis elle a conclu :

– Comme je suis une fille, on m'a appelée Romane.

– C'est un joli prénom, ai-je déclaré. Tu as des frères et sœurs, toi ?

Elle a secoué la tête.

– Non.

– Moi non plus.

Le silence s'est installé. J'ai cherché quelque chose à ajouter et j'ai trouvé :

– Ils ont une couleur bizarre, les trains, ici. Rouge et doré…

Elle a haussé les épaules.

– Cet été, c'est comme ça ! Ils ont eu l'idée de remettre des trains d'autrefois en service. Il paraît que ça plaît aux touristes.

À cet instant, un grand cri a résonné :

– Romane ! Romaaaaaane !

– Ma mère ! a-t-elle lâché en se levant. Faut que j'y aille. Salut.

– Salut ! À demain !

Elle a hésité un instant, avant de répondre, du bout des lèvres :

– À demain…

Romane

Ce début d'été ne ressemblait à aucun autre.

Toutes mes copines étaient parties en vacances et je n'avais pas voulu que maman m'inscrive au centre aéré. Je préférais rester avec elle dans la fraîcheur de notre maison. Nous faisions des confitures et des conserves de haricots.

Et de l'autre côté des champs, dans la gare, il y avait Roman.

Voici moins d'une semaine que ses parents et lui s'étaient installés là, et déjà nous avions nos habitudes.

Je quittais la maison en fin d'après-midi, dans la lumière chaude et transparente de l'été qui se chargerait de nuances violettes lorsque le soleil déclinerait.

J'avançais dans le silence lourd et brûlant, parfois entrecoupé de cris d'oiseaux.

J'arrivais à 18h52.

Par les champs.

Je n'aimais pas emprunter la route. Je préférais faire un long détour pour aborder les voies par l'arrière, au milieu des herbes hautes et des aubépines. J'avais quatre minutes de répit. Juste le temps nécessaire pour m'allonger à ma place favorite et choisir un long brin d'herbe à mâchonner.

Le vieux était toujours là avant moi, assis sur son banc, le dos contre le mur, guettant en clignant des yeux la courbe où le train apparaîtrait bientôt.

À 18 h 53, Roman arrivait à son tour. J'avais beau savoir qu'il allait venir, à chaque fois j'étais surprise. Roman se déplaçait comme un chat, effleurant à peine les branches chargées d'épines qui s'agrippaient toujours à mes vêtements. Et tout d'un coup, il était là, couché dans l'herbe à mes côtés.

Il tournait vers moi sa tignasse blonde, ses yeux bruns et ses taches de rousseur et murmurait :

– Salut !

D'un geste machinal, je repoussais la mèche rousse qui s'obstinait à tomber sur mon nez et je répondais, mon regard bleu planté dans le sien :

– Salut !

Une des toutes premières fois, il m'avait longuement dévisagée avant de désigner les lettres qui affichaient sur la façade de la gare le nom du village, SAINT-ROMAN, et il avait déclaré :

– Tu vois les lettres, là-bas ? Tes yeux sont du même bleu.

Jamais un garçon ne m'avait parlé de la couleur de mes yeux.

Jamais personne n'avait partagé mon jeu de 18 h 56.

Cet été-là ne ressemblait à aucun autre.

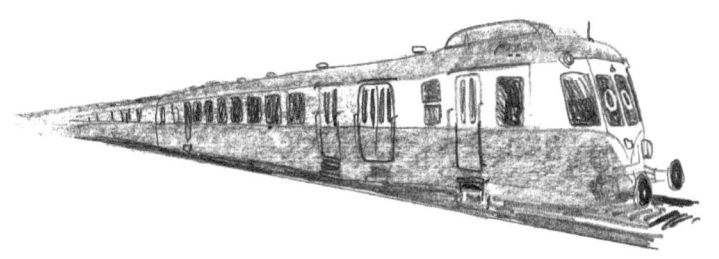

Trois minutes après, le train arrivait. J'étais toujours admirative. Comment faisait-il pour respecter une telle précision ? 18 h 56. Jamais 55 ou 57.

Roman trouvait cela normal.

– C'est un train, affirmait-il. Il faut qu'il soit à l'heure. Sinon, comment feraient les gens ?

Roman avait beaucoup voyagé et vu pas mal de choses.

Pas moi.

Moi, je n'avais presque jamais quitté Saint-Roman. Oh ! Bien sûr, je connaissais les villes environnantes ! Rien à voir cependant avec Roman qui avait franchi des frontières.

Nous n'avions rien de commun.

Il avait sillonné l'Europe tandis que moi, j'explorais inlassablement un minuscule territoire autour de ma maison. Jusque-là, cela m'avait suffi. Un arbre, des fleurs piquées dans un fossé, un chat se faufilant derrière un mur, des nuages qui couraient dans le ciel… Tout évoquait quelque chose. Je n'avais qu'à écouter mon imagination.

Mais le lieu que je préférais était la gare. Je l'avais découverte depuis un bon moment déjà, peu après que ma mère m'avait permis de franchir les limites du jardin. Je n'avais pas hésité.

Il y avait ce cèdre qui m'attirait comme un aimant.

J'avais marché vers lui.

J'avais remonté à pas prudents une avenue bordée de hauts murs. Pas une voiture, pas un passant, pas un bruit.

C'était à deux pas de chez moi et j'avais l'impression d'être à mille lieues de là, dans une autre contrée.

Peut-être parce que j'étais seule.

Au bout de l'avenue, se dressait le spectre du grand arbre, aussi vert l'hiver que l'été avec ses longues branches qui chatouillaient le ciel.

Et derrière le cèdre, il y avait la gare.

Inhabitée.

Inutilisée.

On n'y vendait même plus de billets et un seul train s'y arrêtait, celui de 18h56.

Le premier jour, je n'avais pas osé pousser la porte vitrée. J'avais juste examiné la grande bâtisse avec ses cinq portes-fenêtres blanches surmontées de l'inscription : « CHEMINS DE FER DE L'ÉTAT ». Au-dessus, il y avait des fenêtres aux volets clos. À gauche, une sorte de tour carrée. Au centre, un petit fronton et une fenêtre ovale.

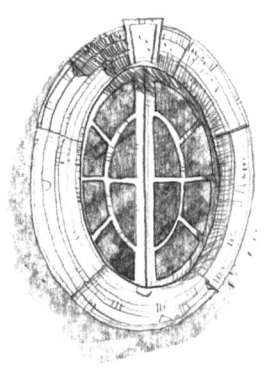

« Un palais » avais-je tout de suite pensé, et cela m'avait suffi.

J'étais revenue.

Souvent.

Un jour, j'avais franchi l'entrée, exploré le grand hall ouvert aux quatre vents.

Un autre jour, j'avais découvert l'envers de mon palais, les voies ferrées et le chemin à travers champs qui me permettait d'y arriver directement.

Un autre jour encore, j'avais vu le petit vieux.

Il y avait une chose cependant que j'ignorais, c'est ce qu'il y avait au-dessus du grand hall, ce que cachaient les volets du premier étage, ce que recélait la tour carrée.

Mais ce domaine était le mien.

J'avais toujours été la seule à y venir.

Jusqu'à ce soir d'été, l'été de mes dix ans, l'été de Roman.

Roman

Ce soir-là, une fois le train reparti, Romane a recraché son brin d'herbe, observé le petit vieux qui s'en allait, un peu plus voûté qu'hier, un peu moins que demain, et elle a déclaré :

– Moi, je ne serai jamais amoureuse.

– Tu dis ça à cause de lui ? ai-je demandé.

– Exactement. Tu te rends compte ! Ça fait soixante ans qu'il attend et il y croit encore ! C'est n'importe quoi.

J'ai réfléchi deux minutes puis j'ai déclaré :

– Tu n'en sais rien.

– Quoi ?

– Si tu ne seras jamais amoureuse. Regarde mon père et ma mère…

Elle m'a interrompu :

– C'est pas pareil. Ils sont mariés.

– Oui, mais ils s'embrassent tout le temps.

– Sur la bouche ?

– Ben oui ! Où veux-tu qu'ils s'embrassent !

Elle n'a rien trouvé à répondre. Peut-être ses parents ne s'embrassaient-ils jamais. Ou pas sur la bouche.

Est-ce que cela signifiait qu'ils ne s'aimaient pas ?

Pas forcément.

Elle a répété, avec moins de conviction m'a-t-il semblé :

– C'est pas pareil.

Puis, sans doute pour changer de sujet, elle a lancé en désignant les fenêtres de la gare :

– C'est comment, là-haut ?

– Moins sale, ai-je répondu. Mes parents ont nettoyé.

– Je ne parle pas de ça ! Je veux savoir si c'est grand, si c'est beau, s'il y a des meubles…

– C'est grand, c'est vide, c'est bizarre, ai-je expliqué.

– Pourquoi, bizarre ?

– J'en sais rien. C'est bizarre.

– Romane ! Romaaaaaane !

– Ma mère ! a-t-elle soufflé. Faut que j'y aille.

– Tu habites où, toi ?

Elle a désigné le champ de blé qui mûrissait derrière nous et indiqué quelques maisons qui s'alignaient sous une rangée de tilleuls.

– Là-bas. C'est la troisième à droite.
– Et c'est comment ?
Elle a grimacé :
– Tout neuf.
– Tu as de la chance, ai-je murmuré.
– Tu trouves ?
– Oui, moi...
– Romane ! Romaaaaaane !
– Ma mère !
Elle s'est enfuie dans les blés.
– Reviens demain ! ai-je crié dans son dos. Je te ferai visiter la gare !

Romane

J'avais hâte d'être au lendemain.
Je me suis réveillée tôt et, du coup, la matinée a été encore plus longue. J'ai traîné dans ma chambre, ouvert mon cahier de vacances avant de le refermer pour rejoindre ma mère au jardin.
Ce jour-là, je me suis échappée juste après le déjeuner…

Les blés craquaient sous le soleil. On était à la mi-juillet, bientôt papa moissonnerait et le champ se transformerait en un tapis hérissé de paille sèche et piquante.

J'ai avancé avec précaution le long du champ. Il n'était que trois heures, la chaleur était forte et j'avais peur des serpents. Le ciel était d'un bleu agressif et, sur ce bleu, la gare dressait ses hauts murs gris et ses fenêtres désormais grandes ouvertes. Roman m'attendait sur le pas de la porte.

– Tu en as mis du temps ! Qu'est-ce que tu faisais ? a-t-il questionné avec impatience.

– Ma mère n'aime pas que je sorte en pleine chaleur, ai-je expliqué.

– Ta mère ! Ta mère ! a-t-il bougonné.

J'ai protesté :

– Et la tienne, elle ne te dit jamais rien ?

Roman a haussé les épaules.
- Elle a autre chose à faire.
- Pourquoi ? Qu'est-ce qu'elle fait ?
- Des ménages.
- Elle est là, aujourd'hui ?
- Non. Elle travaille. Allez, tu viens ?

Nous sommes entrés dans le hall de la gare. J'avais beau le connaître, il m'impressionnait toujours avec le guichet et son ouverture béante, les fils qui sortaient du mur et pendaient, inutiles à présent que les téléphones auxquels ils avaient été accrochés avaient disparu.

Ou alors, peut-être était-ce à cause du soleil qui dessinait sur le carrelage crasseux d'étranges motifs pleins de lumière et de poussière.

Nous sommes restés quelques instants immobiles. Il faisait frais à l'abri des hauts murs dont la peinture bleue s'écaillait et tombait sur le sol en copeaux minuscules.

J'ai balayé le mur d'un geste familier et je me suis tournée vers Roman.

– La première fois que je suis venue ici, j'ai cru qu'il s'agissait de morceaux de coquille d'œuf, ai-je dit en désignant les copeaux.

– Des œufs bleus ? a questionné Roman.

J'ai haussé les épaules.

– Pourquoi pas ?

– Pondus par un oiseau magique, a poursuivi Roman. Un oiseau avec des plumes rouges et dorées, un long bec jaune, une queue empanachée. Un oiseau qui pondrait chaque jour un œuf de couleur bleue !

Je suis restée bouche bée.

Cet oiseau magique, je l'avais imaginé, moi aussi, exactement comme Roman venait de le décrire !

Il a pris ma main et a répété :
– Tu viens ?

Il m'a entraînée vers une porte qui donnait sur un escalier et je l'ai suivi avec précaution sur les marches branlantes. Le bois craquait et glissait sous mes pieds. La lumière pénétrait obliquement par une ouverture pratiquée très haut près du plafond.

Il faisait chaud et lourd et je sentais la sueur dégouliner dans mon dos sous mon tee-shirt. Je retenais ma respiration. J'avais tellement imaginé le jour où je pourrais accéder aux mystérieux étages au-dessus du grand hall.

La porte, je la connaissais.

Mais elle était toujours restée close.

Et Roman venait de l'ouvrir pour moi.

Nous avons gravi ainsi une douzaine de marches puis nous sommes arrivés sur un palier. Un grand vase bleu était posé dans un angle. Je me suis souvenue l'avoir aperçu sur le chargement du camion, le premier jour. À présent, il était plein de parapluies. Il y en avait des petits, des moyens, des bleus, des rouges, des verts, et puis un grand au centre avec une haute poignée en bois.

Je me suis demandé pourquoi il y avait autant de parapluies pour seulement trois personnes. Il n'avait pas plu depuis le début de l'été.

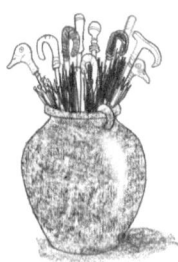

Roman a ouvert la porte à côté du vase et a annoncé :
– C'est la cuisine.
J'ai pénétré dans une vaste pièce carrelée éclairée par deux hautes fenêtres. Je me suis précipitée. Elles donnaient sur les voies.
– Viens voir ! ai-je lancé.
J'ai tendu le bras.
– D'ici, tu aperçois mon jardin.
– Je sais, a répliqué Roman. Je t'ai vue y jouer. Tu as même une balançoire.

– Tu me regardes faire de la balançoire ?

– Oui. Le soir, quand tu as fini de dîner, tu ressors et tu joues un moment dans le jardin. Après, ta mère t'appelle à nouveau. On l'entend d'ici.

– Et toi, qu'est-ce que tu fais, le soir ?

– Tu vois, je regarde par la fenêtre.

– Tu n'as pas le droit de sortir ?

– Si, bien sûr. Mais j'aime mieux rester ici.

J'ai pivoté pour détailler la cuisine. Il y avait peu de meubles : un buffet rafistolé, des chaises dépareillées, un réchaud à gaz posé sur une table de camping.

Au centre, une belle table ronde sur un plateau de bois blond et épais, solidement ajusté sur quatre pieds joliment tournés.

Et au milieu de la table, un grand vase blanc rempli d'un opulent bouquet de fleurs multicolores qui jetaient sur les murs des ombres vives et joyeuses.

J'ai enfoui le nez dans les fleurs. Elles sentaient la campagne, ma campagne, et elles avaient le parfum de l'été.

– Quel beau bouquet, ai-je murmuré.

J'ai passé un doigt sur la table et ajouté :

– Et quelle belle table…

– C'est papa, a affirmé Roman fièrement.

– Qui a fait la table ?

– La table et le bouquet.

– Ton père fait des bouquets ?
– Oui. Pour ses tableaux. Tu veux voir ?

Roman m'a entraînée dans la pièce voisine. Elle était plus vaste que la précédente et s'ouvrait des deux côtés du bâtiment en de larges fenêtres qui laissaient pénétrer la lumière de l'été. Ici, le sol était en bois. Les murs étaient nus et on voyait qu'ils venaient d'être repeints en blanc. Dans un angle de la pièce, il y avait un grand lit aux draps en désordre mêlés à une couverture rouge. En plein milieu de la pièce, un homme se tenait debout devant un chevalet. Je l'ai aussitôt reconnu : c'était le père de Roman.

J'ai salué timidement :
– Bonjour, monsieur.

Il ne m'a pas entendue. Il contemplait la toile posée sur le chevalet qui représentait le bouquet que je venais d'admirer.

– Il est en train de peindre, a soufflé Roman. Viens voir comme c'est beau.

Nous nous sommes approchés sur la pointe des pieds et il nous a jeté un coup d'œil distrait. Il tenait à la main une petite planche en bois, très fine et très plate, sur laquelle des couleurs s'étalaient. Il a plongé son pinceau dans une tache de rouge, puis dans du jaune, et il l'a appliqué sur l'une des fleurs de son tableau.

Enfin il s'est tourné vers nous.

– Bonjour à tous les deux. Alors, Roman, voici donc ton amie Romane. Soyez la bienvenue, mademoiselle, a-t-il ajouté avec une petite courbette.

Il parlait avec un drôle d'accent et je n'ai rien trouvé à lui répondre.

– Il est bientôt fini, ton tableau, papa ? a demandé Roman.

– Oui.

– Qu'est-ce que tu vas en faire ?

Le père de Roman a soupiré.

– Je n'en sais rien.

J'ai retrouvé l'usage de la parole et déclaré :

– C'est drôlement bien imité !

– De quoi parles-tu ? a questionné le père de Roman.

– Le bouquet, là, à côté, dans la cuisine.

J'ai eu un geste du menton vers le tableau.

– C'est la même chose, là-dessus.
Le père de Roman a éclaté de rire.
– Bravo ! s'est-il exclamé. Et ça te plaît quand c'est bien imité ?
– Oui. Et aussi quand il y a de belles couleurs.
– Ah ! La couleur !

Il m'a entraînée vers la fenêtre.
– Regarde ce champ de blé. De quelle couleur est-il ?
J'ai répondu sans hésiter :
– Jaune.
Puis j'ai corrigé :
– Ou doré.

– Tu vois, tu ne sais pas. Je vais te dire. Ce champ de blé, il est jaune et doré ; et gris si le ciel est gris ; et vert parce qu'il y a peu de temps encore, il était vert ; et rouge tout à l'heure quand le train arrivera. Ce champ de blé, il faudra que je le peigne, a-t-il ajouté pour lui-même.

– Dépêchez-vous alors, lui ai-je conseillé, parce que papa ne va pas tarder à le moissonner.

– « Moissonner », a répété le père de Roman comme s'il ne comprenait pas. Qu'est-ce que ça veut dire « moissonner » ?

Il ne connaissait pas ce mot ! J'ai expliqué :

– Ça veut dire qu'on va le couper.

– Le couper ! Mais c'est un crime !

– Non, il est mûr ! Et papa a dit pas plus tard qu'hier soir qu'il devait le récolter avant que les orages arrivent.

– Avant que les orages arrivent…

Le père de Roman a jeté un coup d'œil soupçonneux vers le ciel.

– Avant que les orages arrivent… a-t-il répété.

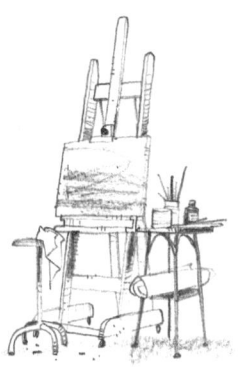

Il a pris le tableau qui représentait le bouquet et l'a posé dans un coin. Puis il a mis en place une nouvelle toile, toute blanche, tiré le chevalet vers la fenêtre et il s'est remis au travail. J'ai bien vu qu'il ne faisait plus attention à nous. J'en ai profité pour examiner la pièce. En dehors du grand lit en désordre, il n'y avait rien.

Si.

Des toiles. Certaines achevées, d'autres commencées, d'autres neuves, prêtes à l'emploi.

J'ai observé le père de Roman planté devant son chevalet. Sa palette avait l'air de danser au bout de ses doigts et les hauts murs blancs se renvoyaient les échos lumineux des taches de couleur qui la parsemaient.

J'ai demandé à Roman en désignant les toiles :
- C'est ton père qui a peint tout ça ?
- Oui.
- Et après qu'est-ce qu'il en fait ?
- Il essaie de les vendre.

– Ça marche ?
– Des fois. Quand il en vend plusieurs, il achète une bouteille de champagne qu'on boit tous les trois.
– Moi, je n'ai jamais bu de champagne, ai-je constaté. Maman ne veut pas.

J'ai regardé encore une fois autour de moi.

– Et toi, tu dors où ?
– Dans l'alcôve, a répondu Roman.
– Qu'est-ce que c'est ?
– Viens voir.

Il m'a entraînée vers le fond de la pièce. Une porte basse et étroite donnait sur un cagibi dans lequel on avait installé un lit. Juste au-dessus, une lucarne ronde laissait entrer le jour.

– La nuit, je vois les étoiles, a murmuré Roman. Et le matin, j'entends les oiseaux. Ils sont dans cet arbre, à côté de la maison.

– Le cèdre, ai-je dit. Ce sont les oiseaux du cèdre que tu entends.

Nous avons regagné la grande pièce pleine de lumière. Sur la toile, un réseau de lignes se dessinait déjà. Je devinais qu'il deviendrait un champ rempli d'épis blonds et un ciel bleu nuancé d'or.

– Il faut que je parte, ai-je annoncé. Maman m'attend pour le goûter.

– Tu reviendras pour le train ?

– Bien sûr !

Roman

Le père de Romane a coupé les blés trois jours plus tard.

En milieu de matinée, il a pénétré dans le champ au volant d'une grosse moissonneuse verte. Peu après, un voisin est arrivé. Il conduisait un tracteur et une remorque dans laquelle se déverserait le grain.

Depuis la fenêtre, mon père travaillait avec acharnement. Son tableau était presque achevé, mais il manquait encore une petite touche de pourpre ici, et une ombre violette, là, pour atteindre la perfection.

Romane et moi observions le pinceau de mon père et la machine du sien lutter de vitesse. Le pinceau prélevait tour à tour sur la palette du rouge, du bleu, du jaune… et courait sur la toile comme un doigt qui caresse un corps nu.

Dans le champ, la machine traçait dans les épis une allée régulière dans un grondement continu qui emplissait le ciel.

Puis mon père a jeté son pinceau, déposé la toile encore humide sur le sol, contre le mur, installé une autre toile, choisi un pinceau neuf. Sur le nouveau tableau, la machine a pris forme, occupant tout l'espace, au milieu d'un champ qui avait les couleurs de l'automne.

Durant ce temps, je suis resté planté derrière lui, à côté de Romane. J'avais l'habitude de voir peindre mon père et pourtant, j'avais le sentiment d'assister à un événement extraordinaire.

Au fur et à mesure que le père de Romane avançait dans le champ, la scène prenait naissance sur la toile, à la fois grandiose et simple, en deux tons, rouge et doré, plus la tache verte de la moissonneuse et l'ombre des blés coupés.

Il allait sortir un chef-d'œuvre de tout cela, j'en étais certain. Un chef-d'œuvre qui irait rejoindre les autres le long du mur blanc : le bouquet multicolore, les épis lourds du champ de blé, et ceux que j'avais montrés à Romane durant ces trois derniers jours, les natures mortes, les paysages, les portraits, moi endormi dans un fauteuil ou rêvant au bord des rails, ma mère penchée sur l'évier de la cuisine ou conduisant le camion, la gare, le cèdre, le village, le petit vieux assis sur son banc, le train de 18h56…

Mon père savait tout peindre.

Plus tard, nous sommes descendus et nous nous sommes assis sur le banc devant la gare. Nous avions la tête pleine des images qui naissaient au bout des doigts de mon père.

– Où a-t-il appris à peindre comme ça ? a demandé Romane.

J'ai haussé les épaules.

– Je n'en sais rien.
– Tu ne lui as jamais demandé ?
– Non.
– Il a une drôle de façon de parler, ton père, a-t-elle remarqué.
– Qu'est-ce que tu veux dire ?
– Il a un accent...

J'ai gratté le sol du bout de ma chaussure et j'ai expliqué :

– C'est parce qu'on est étrangers.
– Étrangers ?
– Oui. Roumains.
– Toi aussi, tu es roumain ?

– Oui. Mais maman dit que je suis aussi français.

– Tu n'as pas d'accent, toi !

– Non. Parce que cela fait un moment déjà qu'on circule en France.

– C'est où la Roumanie ?

J'ai sauté du banc.

– Je vais te montrer.

J'ai entraîné Romane vers un coin du quai recouvert de sable et j'ai tracé des lignes sur le sol.

– Tu vois, là, c'est la France. Là, c'est le Midi, la mer. On y est déjà allés avec le camion. C'est plein de fleurs. Et toi, tu y es allée ?

– Non. Jamais. Mais je suis allée à l'océan.

– Bien sûr, c'est près d'ici.

J'ai ajouté une ligne à mon dessin.

– Tu vois, c'est là.

– Tu es bon en géographie, toi.

– Normal, on voyage tout le temps.

– Et la Roumanie ?

– La Roumanie, c'est loin. Loin là-bas.

J'ai agrémenté mon dessin de frontières et de vastes paysages.

– Il faut traverser l'Allemagne, l'Autriche, la Hongrie et alors seulement tu arrives en Roumanie. Et encore, nous, on vient de l'autre côté. Tu vois ? Ici. Il y a encore la mer...

– Pourquoi vous êtes venus en France ?

– Je ne sais pas. Quelquefois, maman dit que nous sommes des réfugiés. D'autres fois, papa dit que c'est pour sa peinture. En tout cas, on ne reste jamais au même endroit. Quelques mois ici, quelques mois ailleurs. Ça change tout le temps. C'est bien. On voit du pays. On met tout sur le camion et on s'en va.

– Tu ne vas jamais à l'école ?

– Si. Parfois. Mais je ne reste pas longtemps. Le plus souvent, ce sont mes parents qui me font la classe.

– Et tu parles roumain ?

– Bien sûr !

– Dis-moi quelque chose.

J'ai réfléchi un instant. Est-ce que j'allais oser lui avouer ce que je ressentais ? Et pourquoi pas… Dans la langue de mes parents, je ne risquais rien. J'ai lancé une phrase en y mettant tout mon cœur et toute ma conviction.

Elle a écouté avec attention puis elle a demandé :
– Répète.
J'ai obéi.
– Qu'est-ce que ça veut dire ? a-t-elle questionné.
J'aurais dû m'en douter ! J'ai fini par lâcher, un peu embarrassé :
– Que tu es mon amie.

– Tous ces mots pour dire ça ? a-t-elle relevé, étonnée.
– Oui. Donne-moi ta main.
Elle a tendu sa main. J'ai fait couler un peu de terre dedans, j'ai refermé ses doigts sur la terre, puis j'ai effacé mon dessin.
– Pourquoi tu fais ça ?

– Parce que c'est chez toi, ici.

Je me suis relevé.

– Tu sais ce que j'ai trouvé dans le grenier ?

– Quel grenier ?

– Celui de la gare.

– Tu es allé dans le grenier de la gare !

– Bien sûr ! Il y a une trappe. Mais c'est sale ! Et il y fait une chaleur…

– Qu'est-ce que tu as trouvé ?

– Suis-moi.

Nous sommes montés à l'appartement. Nous avons traversé silencieusement la pièce où mon père peignait, pour gagner la partie que nous n'occupions pas. Sur un palier nu et vide, j'avais découvert la trappe qui menait au grenier. J'ai installé l'échelle que j'avais traînée jusque-là, et nous avons grimpé aux barreaux. Moi devant et elle sur mes talons.

Quand nous avons pris pied sur le plancher du grenier, j'ai tout de suite vu que Romane était déçue. Elle a regardé d'un air dégoûté l'immense espace vide, poussiéreux, plein de toiles d'araignée. En plus, il faisait tellement chaud que nous avions du mal à respirer.

Il n'y avait qu'une fenêtre aux vitres couvertes d'une épaisse couche de crasse, qui laissait passer un peu de jour. La plus grande partie de la pièce baignait dans une pénombre un peu inquiétante.

Je ne lui ai pas laissé le temps de rebrousser chemin. Je lui ai dit de me suivre et nous nous sommes enfoncés au plus profond du grenier, là où une lucarne ronde dessinait sur le sol une mare lumineuse.

– Tu vois, ai-je expliqué, la tour que l'on aperçoit de l'extérieur est ici. Lève la tête.

Elle a obéi.

À cet endroit, la toiture s'élevait pour former un espace carré encombré de poutres et de chevrons.

– À quoi elle sert, cette tour ? a-t-elle interrogé.

– À rien, ai-je décrété.

– Et alors, qu'est-ce que tu as trouvé ici ?

– Regarde. Par terre.

Un cadre était appuyé contre le mur. Elle s'est penchée pour l'examiner.

Il s'agissait d'une vieille photographie, protégée par un verre et encadrée d'une bordure en bois doré.

Elle s'est agenouillée devant et je l'ai imitée. Elle a soufflé :

– Des mariés ! C'est une photographie de mariage !

– Oui. Tu as vu comme ils sont habillés ? C'est drôle.

– Les gens s'habillaient comme ça, ici, avant. Chez moi, il y a de vieilles photos. Sur l'une d'elles, quelqu'un porte un chapeau exactement comme celui-là.

– En tout cas, c'est une belle photo, ai-je déclaré. Il y a même des couleurs. Regarde la mariée : elle a du rose aux joues.

– Qui ça peut être ? a-t-elle murmuré.

– Je n'en sais rien. Ils doivent être morts depuis longtemps.

– Pourquoi ? Ils sont peut-être juste très vieux ! Mais comment elle est arrivée là, cette photo ?

– Va savoir !

– On devrait la descendre. Je suis sûre qu'elle intéressera ton père.

– Ça, c'est une bonne idée ! Aide-moi.

Romane

J'avais vu juste. Le père de Roman a adoré la photo.

Il faut dire qu'en pleine lumière et débarrassée de la couche de poussière qui recouvrait le verre, elle avait une tout autre allure.

Le marié et la mariée se tenaient droits, cérémonieusement, les bras le long du corps, la tête légèrement penchée.

L'homme était très jeune, grand et mince dans son costume un peu trop ample.

La jeune fille était très belle avec des yeux pleins de lumière, les cheveux ramenés en arrière. Elle portait une drôle de robe blanche qui s'arrêtait à mi-chemin entre les genoux et les chevilles. Elle tenait à la main un bouquet noué par un ruban. Elle souriait.

Le père de Roman a retourné le cadre. Au dos, il y avait le nom du photographe et une inscription, un peu effacée. Il a pourtant réussi à déchiffrer :

– Monsieur D.

Je n'ai pu retenir un léger cri de surprise :

– Monsieur D. ! C'est le petit vieux !

– Celui qui vient tous les soirs ? a questionné Roman.

– Oui. Il attend sa femme… ai-je commencé à l'intention du père de Roman.

Il m'a interrompue :

– Exactement. Elle est partie, il y a soixante ans.

Il a examiné la photo et murmuré :

– Je comprends pourquoi il l'attend toujours. Elle est très belle.

– Mais que fait cette photo ici ? ai-je demandé.

Le père de Roman nous a regardés, d'abord Roman, puis moi, puis il a dit :

– Asseyez-vous. Je vais vous raconter.

Nous nous sommes installés tous les trois sur le parquet. Un oiseau a sifflé à l'extérieur. Le père de Roman a promené son regard sur les tableaux posés contre les murs de la pièce. Dans son cadre en bois doré, la jeune femme avait l'air de nous observer. Elle était vraiment très belle. Le père de Roman a ramené son regard vers elle. Quelque chose s'est noué à l'intérieur de mon ventre et j'ai murmuré :

– Et maintenant, à quoi ressemble-t-elle ?

Le père de Roman m'a souri et il a répondu :

– Elle est toujours comme sur la photo. Dans l'esprit du petit vieux, elle n'a pas vieilli d'une seconde. C'est toujours la jeune fille qu'il a épousée. Elle était très jeune. Lui aussi.

Elle venait d'ailleurs. Elle travaillait comme servante dans une ferme. Lui faisait la fierté de ses parents. Il avait réussi le certificat d'études et il préparait un concours administratif pour entrer, vous savez dans quoi?

— Dans les Chemins de fer de l'État, ai-je soufflé.

Le père de Roman a éclaté de rire.
— Tu as trouvé! « Les Chemins de fer de l'État… » C'est ce qui est écrit sur la façade de la gare et c'est ainsi qu'ils se nommaient à l'époque. Aujourd'hui, on dirait la SNCF…

Dans la grande pièce nue et blanche, le temps s'est arrêté et la voix du père de Roman, avec son accent qui semblait parfois donner un autre sens aux mots, a déroulé pour nous l'histoire du petit vieux et de la jeune servante.

– Quand ils se sont rencontrés, le premier jour, c'était le début du printemps. Elle portait une longue jupe bleue et une blouse blanche. Elle avait ôté ses souliers pour être plus à l'aise, elle tenait un seau à la main et, au milieu des pâquerettes, elle avait l'air d'une reine. Il lui a pris le seau des mains et l'a jeté au loin. C'était un de ces anciens seaux en fer. Quand il a rebondi sur le sol, cela a fait « Deling, dlong ! », mais il n'a rien entendu.

Il s'est agenouillé et lui a embrassé les pieds. Elle a ri parce qu'il la chatouillait avec ses moustaches. Alors il s'est relevé. Il ne ressentait aucune gêne et pourtant, il était timide. Il a rencontré ses yeux. Ils avaient la couleur des violettes.

Elle a souri, un peu émue. Il a dit :
– Tu ne veux pas m'épouser ?
Elle n'a pas répondu. Alors, il a ajouté :
– Nous habiterons dans un palais.
Elle a eu un air surpris, puis intéressé, et elle a demandé :
– Tu m'achèteras des chaussures neuves ?
– Trois paires, a-t-il répondu sans hésiter.

Elle l'a regardé d'une drôle de façon. C'était la guerre, trouver des chaussures à cette époque où on manquait de tout relevait de l'exploit.

Il a dû sentir ses doutes, car il a affirmé :

– Je me débrouillerai.

Il disait cela d'un air fanfaron, mais dans sa poitrine, son cœur battait très fort.

Elle a eu un sourire délicieux et quelque chose a fondu à l'intérieur de lui. Il avait l'impression d'être à jamais paralysé, suspendu au regard couleur violette.

Mais non.

Sans même le réaliser, il a tendu la main vers elle, et elle a mis sa main dans la sienne.

La terre aurait pu s'arrêter de tourner, ils ne s'en seraient pas aperçus.

Ce fut sans doute la plus belle période de la vie du petit vieux. Le soir, en fin de journée, il retrouvait sa belle dans les prés au bord de l'eau. Elle ne lui accorda jamais rien. Pas un baiser. Pas une promesse. Ils parlaient peu. Lui n'avait jamais été très bavard.

Quant à elle…

On ignorait d'où elle venait.

On l'avait trouvée un matin errant sur la route, sale, maigre, affamée. Elle ne savait plus qui elle était.

Elle avait dû faire partie de l'un de ces groupes de réfugiés qui fuyaient devant les troupes allemandes, puis en être séparée. À cause d'un bombardement peut-être.

Elle n'avait plus de mémoire.

Le fermier qui l'avait trouvée l'avait ramenée chez lui et nourrie. Elle ne savait pas où aller, il avait besoin d'aide pour les travaux de la ferme. Elle était restée.

Le petit vieux a réussi son concours et a été nommé à la gare de Saint-Roman. Il avait promis un palais à la jeune fille et la gare ressemblait à un palais.

Il y avait déjà le champ de blé de l'autre côté des voies.

Il y avait déjà le cèdre.

Il y avait déjà le train de 18 h 56.

Ils se sont mariés à l'église du village.

Elle portait une robe curieuse, blanche et un peu courte, et la première paire de souliers qu'il lui avait promise et qu'il avait réussi à dénicher. Il avait son meilleur costume. Il était très jeune. Il avait fait venir le photographe qui les prit, tous les deux, seuls devant le mur de la gare.

Elle ressemblait à une reine.
Et elle allait habiter un palais.
Les nuits qui suivirent, le cèdre vint caresser de ses branches les fenêtres de leur chambre. Ils dormaient main dans la main et s'éveillaient à l'aube dans le chant des oiseaux.

Les jours qui suivirent, on moissonna le champ.

Et puis l'automne arriva.

À cette époque, Saint-Roman était une gare importante. Il y avait plusieurs trains par jour et un employé venait au guichet pour vendre les billets. Le petit vieux était le chef. Il organisait le travail, réglait les problèmes. Il avait un uniforme, une casquette et un sifflet. C'était lui aussi qui surveillait l'embarquement des passagers et les aiguillages. Quand tout était prêt, il donnait un coup de sifflet et le train démarrait.

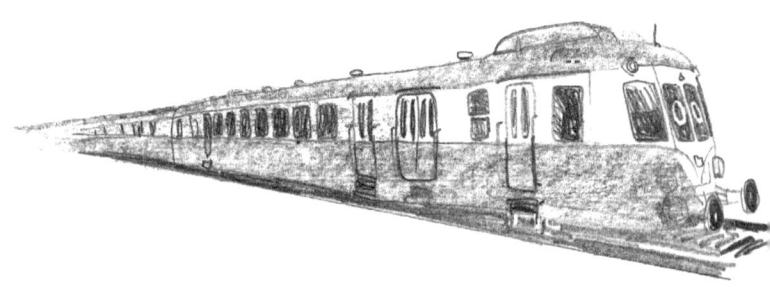

L'hiver arriva. Puis le printemps fut là à nouveau.

La jeune femme prit l'habitude de guetter le train du matin, celui de 7 h 43. D'abord du haut d'une des fenêtres de cet appartement, puis du hall de la gare, puis du quai. Elle trouvait toujours un prétexte pour être là, juste à l'heure où ce train passait.

Un matin du début de l'été, elle est sortie tôt et elle est allée se promener dans le champ, de l'autre côté des voies. Quand le train de 7 h 43 est arrivé, elle est revenue en se cachant et elle est montée dans la locomotive. Celle-ci était conduite par un grand gaillard à la moustache épaisse, qui l'a embrassée fougueusement. Puis le chef de gare – notre petit vieux – a sifflé.

Et le train a démarré.

Quand le petit vieux a constaté la disparition de sa femme, il a compris ce qui s'était passé et il a quitté la gare, laissant tout à l'abandon.

Au début, des proches, des voisins ont essayé de le raisonner, de le convaincre de revenir chez lui.

Rien à faire.

Il n'avait même pas pris la peine de fermer l'appartement et il n'y a jamais remis les pieds.

Petit à petit, les gens sont venus se servir, emportant qui une tasse à café, qui un vase, qui un bibelot. Puis ce fut le tour des meubles.

Ça lui était bien égal, au petit vieux. Il a continué à prendre son service et il a fait son travail, chaque jour, sans jamais une seule absence.

Bientôt, la gare n'a plus été qu'une grande bâtisse ouverte à tous vents.

Il n'est plus resté que la photo de mariage dans son cadre doré dont personne n'a voulu. On l'a reléguée au grenier.

À plusieurs reprises, on a proposé au petit vieux un changement, une mutation. Il aurait pu partir, travailler dans une autre gare, recommencer une autre vie… Il a toujours refusé. Et si elle revenait ? Il fallait qu'il soit là.

Peu à peu, les trains furent supprimés. Un jour, le petit vieux prit sa retraite.

Depuis bien longtemps, il ne passe plus qu'un train à la gare de Saint-Roman, celui de 18 h 56.

Depuis bien longtemps, la gare est vide, la peinture des murs s'écaille et les plafonds se couvrent de moisissures. Personne n'a jamais voulu vivre ici.

Le petit vieux, lui, a continué à venir chaque jour, à 18 h 56, dans l'espoir de voir un jour descendre du train la jeune fille en robe bleue et blouse blanche, entrevue, il y a des années de cela, dans la prairie au bord de l'eau.

Le père de Roman s'est tu.

J'ai soupiré et ma voix tremblait un peu quand j'ai dit :

– D'habitude, dans les contes, les gens se marient, ont beaucoup d'enfants et vivent très heureux.

– Mais là, ce n'est pas un conte, a observé le père de Roman.

– Comment savez-vous tout cela ? ai-je demandé.

– Chaque soir, le petit vieux arrive. Je l'entends pousser le portillon, celui qui se trouve entre la gare et les toilettes. Puis j'entends sa canne sur le ciment. Il vient au bord des voies, regarde les champs de l'autre côté et il s'assoit sur le banc. Ce n'est pas tout à fait l'heure du train. Alors en l'attendant, il se souvient. Moi, je suis au-dessus. La fenêtre est ouverte. Il ne m'a jamais vu. Il ne regarde jamais la gare.

Un silence et le père de Roman a repris :

— Quand je sais qu'il est là, je vais à la fenêtre, tu vois, celle-ci, juste au-dessus du banc. Je me penche à l'extérieur et je l'écoute penser. C'est ainsi que j'ai connu son histoire.

— Et après ? a soufflé Roman.
— Après, le train arrive. Le petit vieux relève un peu la tête et guette les passagers qui descendent. La semaine, il y en a toujours un. Le dimanche, c'est plus rare. Mais celle qu'il attend n'est jamais là. Alors il se relève, un peu plus voûté chaque jour, et il s'en va, doucement, comme il est venu.

J'ai jeté un coup d'œil au portrait.

– Vous ne savez pas ce qu'elle est devenue?

– Non. Avec Roman et sa maman, nous avons beaucoup voyagé. Si nous l'avions croisée, je l'aurais reconnue, a ajouté le père de Roman avec un sourire.

– Elle doit être vieille et laide, a dit Roman fermement.

– Peut-être pas, ai-je murmuré d'un air rêveur.

– Bien sûr que si! Hein, papa?

– Je n'en sais rien, a répondu son père en riant.

– Vous allez faire un tableau, avec cette photo ? ai-je demandé.

– Je vais faire mieux que ça. Je vais faire une fresque.

– Qu'est-ce que c'est, une fresque ?

– Une fresque, c'est quand on peint quelque chose sur un mur. Je vais les peindre, grandeur nature…

Le père de Roman s'est levé, a tourné lentement sur ses talons et a désigné un emplacement :

– Ici !

Roman

Tous les jours qui ont suivi, on les a passés ensemble avec Romane. On se retrouvait le matin, dans les chaumes du blé moissonné. Parfois, on restait près de la gare. D'autres fois, on allait chez elle. Ou on partait explorer les environs.

Romane m'a montré les chemins de terre qui conduisaient à la rivière et des arbres centenaires dans les prés où les vaches de son père ruminaient.

Avec elle, j'ai exploré les ruelles du village, utilisé tous les itinéraires possibles pour rejoindre la gare.

Car c'est toujours là que nous revenions.

Maman rapportait des fleurs qu'elle disposait dans l'appartement. Papa peignait et ses toiles s'alignaient contre le mur, éclatantes de couleurs. Je crois que jamais il n'en avait produit autant en si peu de temps.

Nous montions souvent au grenier pour respirer l'odeur de bois et de poussière que nous aimions à présent. Nous nous accrochions aux lucarnes pour observer la campagne silencieuse, écrasée de chaleur et pour écouter le cèdre qui murmurait en tendant ses longs rameaux vers la façade de la gare.

Je savais qu'un jour, papa, maman et moi, nous reprendrions la route.

Et je savais que ce jour approchait.
J'essayais de ne pas y penser.

Un matin, Romane a déclaré :
– Je vais te montrer quelque chose que tu n'as jamais vu !
– Quoi ?
Elle a eu un sourire mystérieux. J'ai insisté :
– À quoi ça ressemble ?
Elle a réfléchi quelques instants, puis elle a déclaré :
– C'est plein de lumière et de soleil. C'est très grand. Dedans, on peut se perdre.

Je suis resté perplexe. Elle m'a souri et elle a interrogé :
— On y va ?
J'ai hoché la tête.
— On y va.

Nous avons traversé le bois et passé la rivière. Ensuite, nous sommes arrivés dans une zone où jamais nous ne nous étions aventurés. Mais Romane avait l'air de connaître. Elle a emprunté sans hésiter une petite route étroite qui serpentait entre les vignes avant de déboucher, au sommet d'une colline, sur un vaste panorama de champs.

Il faisait chaud. Romane avait abandonné son short et son tee-shirt. Elle portait une robe du même bleu que ses yeux et un grand chapeau de paille avec un ruban qui lui chatouillait le cou.

Malgré cela, elle transpirait et, sur son front, ses cheveux roux bouclaient là où la sueur perlait.

J'ai ramené la visière de ma casquette sur mon visage. Moi aussi, je transpirais.

Nous avons continué à marcher sans parler.

Ici, le paysage était différent, avec des vignes très hautes qui entrelaçaient leurs sarments lourdement chargés autour des fils de fer.

Au bout des vignes, il y a eu un autre bois. De l'autre côté du bois...

– Regarde, c'est ici, a dit Romane.

J'ai stoppé net. Un champ immense se déployait devant nous. C'était plein de lumière et de soleil, comme l'avait dit Romane. Au-dessus, le ciel était plus bleu qu'ailleurs.

– Ce sont les tournesols de mon père, a déclaré Romane.

Et j'ai bien vu qu'elle était fière.

Nous avons avancé jusqu'au bord du champ. Les fleurs étaient très hautes, bien plus hautes que nous. La tige verte était épaisse et ornée de larges feuilles. Au sommet, la fleur se balançait, jaune, énorme, vivante.

Je me suis dressé sur la pointe des pieds, j'ai tendu le bras… Trop haut. Ou alors, c'est moi qui étais trop petit !

J'ai pris la main de Romane.

– Viens. Allons dedans.

Elle a murmuré :

– On peut se perdre, dedans.

– Mais non, tu verras…
– Il y a des bêtes.
– Avec moi, tu ne risques rien, ai-je assuré.

Je n'en étais pas très sûr, mais elle a dû me croire car elle m'a suivi. Nous avons pénétré dans le champ.

Les fleurs se sont refermées sur nous.

Nous étions seuls, perdus au milieu des tiges vertes avec, bien au-dessus, des fleurs géantes qui se courbaient sous la chaleur.

Romane m'a expliqué :
– Les tournesols, on les appelle aussi des soleils. Ça se récolte à l'automne, quand c'est presque fané. Ça ressemble

à de grosses marguerites. On dit qu'ils tournent en même temps que le soleil. Regarde comme ils se penchent. C'est parce qu'ils ont trop chaud. Le soir, ils se redressent un peu. Mais quand le soleil disparaît, on a l'impression qu'ils vont se mettre à pleurer.

J'ai murmuré :

– On dirait qu'ils sont vivants.

Nous avons avancé un peu plus loin. Nous marchions avec la prudence de deux explorateurs au cœur de la forêt vierge. Nous ne laissions aucune trace. Les tiges s'ouvraient sur notre passage et se refermaient derrière nous. Un fort parfum régnait, celui des fleurs qui s'épanouissaient dans la chaleur, celui des herbes qui pourrissaient à l'ombre des hautes tiges, et celui de tous les animaux qui vivaient là, sous les plantes, à l'abri du soleil et au cœur des soleils.

Au bout d'un moment, nous nous sommes arrêtés. Une sorte de petite clairière s'ouvrait sur le bleu du ciel.

– Asseyons-nous, ai-je proposé.

Romane s'est installée entre les hautes tiges. Elle a ôté son chapeau et disposé sa robe de façon à couvrir ses jambes. J'ai sorti un canif de ma poche et, avec la lame, j'ai attaqué la tige d'un tournesol.

– Papa ne serait pas content, a remarqué Romane.

J'ai haussé les épaules.

– Il y en a des milliers.

La fleur est tombée au milieu de notre clairière. J'ai attrapé la corolle et je me suis installé près de Romane pour l'examiner. Le cœur était d'un jaune très sombre. Tout autour, les longs pétales duveteux s'ordonnaient en une couronne d'or pâle. J'en ai tiré un doucement et j'ai murmuré :

– Je t'aime…

J'en ai tiré un autre.

– Un peu…

Et un autre.

– Beaucoup…

Et encore un.

– Passionnément… à la folie…

Les pétales se sont amoncelés sur la robe bleue de Romane. Elle y a plongé les doigts et j'ai recommencé en effeuillant le tournesol :

– Je t'aime... un peu... beaucoup...

Lorsqu'il n'est resté qu'un seul pétale accroché à l'énorme cœur sombre, j'ai abandonné la fleur. Puis j'ai trempé à mon tour mes doigts dans la moisson dorée, j'ai choisi les pétales les plus beaux, les plus grands, et je les ai disposés dans les cheveux de Romane.

Autour de nous, c'était le silence, avec le lourd parfum des fleurs, le cercle bleu du ciel, très loin, et nos doigts qui ont fini par s'entremêler au milieu des pétales.

C'est là que j'ai trouvé le courage de le lui annoncer.

Les yeux baissés, j'ai chuchoté :

– Bientôt, on va s'en aller.

Elle n'a pas répondu. J'ai compris alors qu'elle l'avait toujours su, depuis le premier jour, peut-être même dès que notre camion rouge et doré avait surgi au fond de l'avenue qui conduit à la gare.

– C'est quand, bientôt ? a-t-elle dit.
– Je ne sais pas. Quand papa aura fini de peindre.
– Où irez-vous ?
– Je ne sais pas.
– Dans une autre gare ?

J'ai secoué la tête. J'avais les larmes au bord des yeux. J'ai presque crié :

– Non. Jamais. Nous n'habiterons plus jamais dans une gare.

Elle ne m'a pas demandé pourquoi nous devions partir. Elle devait l'avoir compris. Nous étions des errants. Tolérés dans un lieu quelque temps, mais jamais vraiment à l'abri. Notre liberté était à ce prix.

Quand le soleil a tourné, Romane a déclaré :

– Il faut rentrer. Par où sommes-nous venus ?

Je me suis levé.

– Fais-moi la courte échelle. Je vais regarder au-dessus des fleurs.

Elle s'est mise debout, j'ai pris appui sur ses épaules, placé mon pied dans ses mains jointes et je me suis dressé au-dessus du champ. Les énormes corolles se balançaient au bout de leur tige ; un vent chaud s'était levé et le champ frémissait sous les vagues dorées qui le parcouraient. Sur l'horizon, de lourds nuages gris s'accumulaient.

– Tu vois quelque chose ? a soufflé Romane.

– Oui.

J'ai sauté à terre et indiqué :

– C'est par ici.

Nous avons traversé le champ de tournesols et nous nous sommes retrouvés à l'orée du bois. Derrière nous, le ciel avait pris une couleur métallique et le vent pliait les hautes fleurs.

– L'orage arrive ! a crié Romane. Vite ! Rentrons !

Mais j'avais du mal à me détacher du spectacle : l'immensité du champ ondoyant sous les rafales, les nuages plombés et, sur l'horizon, cette ligne d'un bleu très clair, où le soleil se détachait encore, vainqueur, brûlant, éternel.

– On reviendra demain avec papa, ai-je murmuré. Il voudra peindre ça…

Romane ne m'a pas laissé poursuivre. Elle a agrippé ma main et m'a entraîné sur la route. Nous avons couru, harcelés par le vent et l'orage qui approchait. Dans les bois, des branches craquaient et le bruit de nos pas résonnait. De lourdes gouttes se sont écrasées sur le sol et une odeur forte de goudron mouillé est montée jusqu'à nous. Je l'ai respirée avec délices.

Nous avons accéléré.

J'avais un point de côté. Romane était rouge. Elle avait ôté son chapeau et le tenait plaqué contre son buste pour courir plus à l'aise.

Enfin, nous avons aperçu la maison de Romane. Nous nous sommes précipités vers le hangar et aussitôt, la pluie s'est mise à tomber très fort. Nous sommes restés là à la regarder, cherchant notre souffle. Nous étions seuls, couverts de sueur, ahuris. Dans les cheveux de Romane, quelques pétales étaient restés accrochés.

Un bruit sourd et continu a couvert celui de la pluie.

Romane a eu un geste de regret.

– Oh ! Nous avons raté le train !

Romane

Le jour qui a suivi notre visite au champ de tournesols, le soleil s'est levé haut dans un ciel tout neuf. Nous avons aidé le père de Roman à charger son attirail sur le camion et nous avons pris la route empruntée la veille.

Il faisait moins chaud, la plupart des champs avaient été moissonnés et, dans les vignes, le raisin se faisait plus lourd. Nous allions vers l'automne.

Roman et son père n'avaient pas l'air de s'en rendre compte. Devant eux, les tournesols offraient leurs mille et une corolles à l'ardeur du soleil, mêlant l'or de leurs pétales au vert des tiges, au bleu du ciel, à l'ombre violette du bois voisin.

Sitôt arrivé, le père de Roman a déchargé son matériel et il a commencé à peindre. Roman et moi nous sommes glissés entre les hautes tiges.

Quand nous sommes revenus, le père de Roman nous a adressé de grands signes.

Nous avons couru vers lui. Du bout de son pinceau, il a désigné le tableau qu'il était en train de peindre. Je suis restée bouche bée. Sur la toile, ma robe bleue tranchait sur le jaune mordoré du champ et mes cheveux roux, rassemblés en une queue de cheval, ajoutaient une note dansante en plein cœur du tableau. À côté, la tignasse de Roman rappelait les bottes de paille dans les champs alentour.

– Il te plaît ? m'a demandé le père de Roman.

J'ai hoché la tête, trop impressionnée pour répondre.

Roman

Il y a eu encore des journées de soleil et des journées de vent.

Il y a eu encore des orages et des séances au bord du champ de tournesols.

Il y a eu d'autres fleurs coupées, d'autres pétales éparpillés dans l'air du temps.

Il y a eu d'autres rires, d'autres sourires, d'autres secrets échangés à voix basse à l'ombre des fleurs jaunes.

Il y a eu Romane et moi déambulant en équilibre sur les rails rouillés des voies de garage, nous aventurant dans les wagons désaffectés, courant dans les herbes autour de la grande bâtisse, écoutant le vent chanter dans le cèdre.

Il y a eu d'autres soirs où nous avons guetté, allongés côte à côte, le train de 18h56.

Il y a eu ce jour où mon père est parti avec le camion en emportant ses tableaux.

Quand il est revenu, le camion était vide.

Ce soir-là, nous avons bu du champagne tous les trois dans la cuisine de l'appartement de la gare. Depuis la fenêtre, je voyais les lumières de la maison de Romane, et j'ai murmuré son nom alors que les bulles de champagne fondaient sur mon palais.

Il y a eu cette fin d'après-midi où ma mère a commencé à rassembler nos affaires.

J'ai compris ce que cela signifiait.

Quand ils ont chargé le camion, il faisait noir depuis longtemps déjà. Ils avaient démonté les lits. Cette nuit-là, nous nous sommes allongés sur les matelas posés au sol.

Cette nuit-là, je n'ai pas dormi.

Le jour se levait à peine quand mon père m'a secoué. J'ai descendu l'escalier, traversé le hall et je suis sorti sur la place, devant la gare. J'ai à peine reconnu les lieux car des lambeaux de brume flottaient au ras du sol.

– L'automne… a murmuré mon père.

Il n'a rien ajouté. J'ai frissonné.

Il m'a longuement dévisagé et je lui ai rendu son regard.

Puis il m'a doucement poussé vers la cabine du camion et j'ai grimpé à ma place, au milieu.

Quand le camion s'est engagé sur l'avenue qui rejoignait la nationale, je me suis retourné. Je savais pourtant que c'était inutile, le chargement empêchait de voir quoi que ce soit.

Alors je me suis détourné et j'ai fixé la route, droit devant moi.

Romane

Ce jour-là, je me suis levée tard et je suis restée à la maison toute la matinée. Il y avait des choses à faire. Ma mère voulait préparer la rentrée. J'ai essayé mes vêtements de l'année précédente ; ils étaient trop petits.

À chaque instant, je m'attendais à voir surgir Roman.

Mais il n'est pas venu.

En début d'après-midi, maman et moi avons filé en ville. Nous avons acheté un nouveau cartable, une trousse, des vêtements neufs, des chaussures. Il y avait du monde, et il était déjà tard quand nous sommes rentrés.

Dès que nous sommes arrivées, j'ai couru vers la gare.

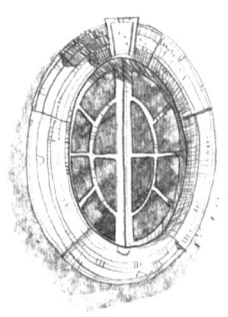

Je crois que j'ai su tout de suite que quelque chose avait changé.

Les fenêtres et les volets étaient ouverts, comme à l'accoutumée, mais il régnait un silence inhabituel. Je me suis arrêtée sur le quai, indécise. La porte vitrée était entrebâillée. Je suis entrée dans le hall…

– Roman !

Ma voix a résonné bizarrement dans le silence et j'ai eu comme une impression de vide.

J'ai encore crié :

— Roman ! Tu es là ?

À l'étage, une porte a grincé. J'ai failli me précipiter, puis j'ai compris que ce n'était que le vent.

Je suis sortie de l'autre côté, sur la place principale. Le camion avait disparu.

Je suis revenue dans le hall. La porte vitrée a claqué. J'ai sursauté.

Mais il n'y avait personne.

J'ai eu envie de pleurer.

Je me suis retenue.

Je me suis dirigée vers l'escalier. J'ai gravi les marches une à une en appuyant ma main sur le mur, comme si je venais ici pour la première fois.

J'ai poussé la porte de la cuisine et je me suis arrêtée sur le seuil.

Il n'y avait plus rien. La pièce était vide.

Abandonnée.

Déserte.

Des mots se sont formés dans ma tête : partis, ils sont partis.

J'ai traversé la cuisine à pas lents. Je me suis demandé si je devais aller plus loin, mais déjà je poussais la porte de l'autre pièce.

Sur le mur du fond, le petit vieux me regardait. Il avait dix-sept ans. Il se tenait droit aux côtés d'une très jeune fille resplendissante de beauté.

J'avais vu bien des fois la fresque du père de Roman, mais dans la pièce déserte, débarrassée de ses meubles et de ses tableaux, elle prenait un autre sens, comme si le petit vieux murmurait à mon oreille : « Tu vois, toi non plus, tu n'as pas fini de guetter un camion rouge et doré. »

Je me suis détournée.

C'est alors que je l'ai vu.

Il était posé par terre, dans un angle, un grand tableau que le peintre avait laissé : un champ de tournesols sous un ciel orageux ; Roman et moi au bord du champ, moi dans ma robe bleue, mes cheveux roux dansant dans le vent, et Roman avec son short blanc et sa tignasse jaune.

Au pied du tableau, il y avait une enveloppe.

Je me suis approchée doucement, j'ai pris l'enveloppe, je l'ai ouverte.

Quelques pétales s'en sont échappés. Sur une carte, Roman avait écrit des mots dans cette langue qui était celle de ses parents et que je ne connaissais pas. J'ai entendu sa voix quand, à ma demande, il m'avait lancé une phrase dans cette langue étrange. J'ai su qu'il s'agissait de la même, celle qui signifiait : « Tu es mon amie ».

Un peu plus bas, il avait poursuivi en français : « Un peu… beaucoup… passionnément… à la folie… »

Il s'était arrêté là. Pas de « Au revoir » ni de « Adieu ». Je n'ai pas pu m'empêcher de penser que cela voulait dire qu'il reviendrait.

À l'extérieur, le portillon a grincé. Puis j'ai entendu la canne résonner sur le sol. Je suis restée debout, au milieu de la pièce. J'ai imaginé le petit vieux marcher jusqu'au banc, puis s'y asseoir. Sur le tableau, Roman me souriait.

Dans le lointain, le train s'est annoncé.

Lentement, je me suis dirigée vers la fenêtre. Le petit vieux guettait lui aussi son apparition. Il a redressé la tête et ses doigts se sont crispés sur sa canne.

Le train de 18 h 56 arrivait. À toute allure. J'ai senti les battements de mon cœur s'accélérer. D'habitude, à cet endroit, le train ralentissait. Que se passait-il ? Comme moi, le petit vieux avait compris qu'il se passait quelque chose d'anormal. Sur la canne, les jointures de ses doigts blanchissaient.

Le train a accéléré, et il est passé.
Sans s'arrêter.

Je l'ai suivi des yeux, monstre rouge et doré qui a disparu dans un ciel rouge et doré. Le petit vieux est resté assis, les doigts noués sur sa canne, les yeux fixés sur les rails qui s'enfuyaient là-bas, à la poursuite de la machine.

Comment allait-il retrouver le courage de se lever, de suivre le quai, de pousser le portillon ?

Sur le tableau, Roman me souriait et je souriais à Roman. Entre mes doigts, les pétales avaient perdu de leur éclat. J'ai regardé la pièce nue et vide, le couple figé pour l'éternité sur la blancheur du mur, et les rails luisants, en bas, au bord du quai.

Alors j'ai compris que l'été de mes dix ans venait de s'achever.

POSTFACE

J'ai écrit cette histoire en 1986 et c'est sous le titre *Hilaire, Hilarie et la gare de Saint-Hilaire* qu'elle a connu une première vie.

Le livre, épuisé, n'était plus disponible en librairie quand je l'ai relu, en décembre 2009.

J'ai eu envie alors de réécrire cette histoire.

Tout naturellement, j'ai modifié le point de vue, adopté la première personne et donné la parole en alternance à la fille et au garçon.

D'autres ajustements étaient également nécessaires.

En 1986, la situation historique et politique de l'Europe justifiait que la famille du garçon soit polonaise. En 2009, ce n'était plus le cas. En revanche, il était tout à fait plausible qu'elle vienne de Roumanie.

Du coup, le changement de prénoms s'imposait. Hilaire et Hilarie sont devenus Roman et Romane, et Saint-Hilaire est devenu Saint-Roman.

Printemps 2010 : la polémique sur les Roms éclate.

Coïncidence ? Pas forcément. Le sujet de *L'été de nos dix ans* est intemporel et les écrivains ne sont pas juste là pour raconter des histoires.

Hélène Montardre

☁ L'AUTEURE

Hélène Montardre est née dans la région parisienne. Après des études supérieures, elle exerce différents métiers : enseignante, guide culturelle, éditeur. Actuellement, elle vit près de Toulouse.

Elle aime écrire bien sûr, mais elle aime aussi la lecture, les voyages, le cinéma et la nature.

Hélène Montardre a notamment écrit *L'agenda*, *Courir avec des ailes de géant*, *Marche à l'étoile* et la série *Océania* pour Rageot.

🞻 L'ILLUSTRATEUR

Didier Garguilo est né en 1974 à l'île de la Réunion. Lorsque sa main rencontre un crayon pour la première fois, il découvre une chose merveilleuse : quand la main file droit, elle trace une ligne droite comme un horizon, et lorsque la main tourne, la ligne s'arrondit comme un chat qu'on caresse ! À dix-neuf ans, il quitte son île pour entamer des études de dessin à l'école Émile-Cohl, à Lyon. Il a travaillé dans le dessin animé avant de se consacrer avec bonheur à l'illustration et la bande dessinée. Il vit en Loire-Atlantique.

 RAGEOT s'engage pour l'environnement en réduisant l'empreinte carbone de ses livres. Celle de cet exemplaire est de : 450 g éq. CO_2
Rendez-vous sur www.rageot-durable.fr
PAPIER À BASE DE FIBRES CERTIFIÉES

Achevé d'imprimer en France en juin 2020
sur les presses de l'imprimerie Jouve-Print, Mayenne
Dépôt légal : février 2019
N° d'édition : 5753 - 02
N° d'impression : 2955483V